백치 물고기

김봉신

1947년 황해도 장연 출생. 인천중, 제물포고 졸업. 연세대학교 화공과 중
퇴. 대명교역, (주)나래피오가구 경영.
bonguribon@naver.com

백치 물고기

—

초판1쇄 2020년 1월 15일
지은이 김봉신
펴낸이 김영재
펴낸곳 책만드는집

—

주소 서울 마포구 양화로3길99, 4층(04022)
전화 3142-1585·6
팩스 336-8908
전자우편 chaekjip@naver.com
출판등록 1994년1월13일 제10-927호
ⓒ 김봉신, 2020

—

—

ISBN 978-89-7944-713-2 (04810)
ISBN 978-89-7944-354-7 (세트)

책 만 드 는 집   시인선 141

백치 물고기

김
봉
신 시
집

책만드는집

잃었던 길을 찾아든 느낌이랄까.

인생의 길을 놓고 심히 고뇌하던 시절, 선뜻 마음을
정하지 못하고 방황한 데에는 여러 변명 중에도 스스로
문학적 소질을 인정할 수 없었던 것이 한 이유가 되었
을 것이다.

그런데 오늘에 다시 그 질긴 문제에 부닥쳐 주저앉는
다는 건 더욱 감내하기 힘든 일이다.

늦게야 시 몇 편 지어서 시집을 낸다는 게 송구하기
그지없는 일이라는 걸 알면서도 이것이 또 하나의 출발
점이 되기를 기대하며 용기를 내어 고백과 같은 몇 편
의 시들을 엮어본다.

머나먼 까까머리 시절 모여 같이 글 닦던 기억으로 끊임없이 독려해준 친구 신상철 형 고맙고, 애정 어린 마음으로 해설을 써주신 김홍규 교수께 재삼 감사드린다.

—2020년 1월

김봉신

5

| 차례 |

2부

3부

4부

5부

1부

계단

끝없다는 말, 끝을 품었네
끝없는 계단은 창공에 이르러
굽어본다

고봉高峯에 오르는 이들이여
물어봅시다
그곳에 더 오를 계단이 있습디까
영원으로 잇는 길

세상 올 적에 계단 있었고
그 계단 지금도 오르지만
끝은 모르겠네

끝없는 계단 단숨에 오를 수 없어
하나 둘 세며 남긴 자국들 아득해
무심無心으로 오른 지 오래

때로는 어둠의 숨소리도 듣고
어디선 낙원 같은 풍경도 있어 쉬며
가면 있겠지
가다 보면 있겠지

끝이여
내 그곳에 오르면, 정녕
작은 꿈 하나 영원에 이르는 길
볼 수 있을까

밤의 역

안개가 엷게 내려앉았다
플랫폼 지붕 밑으로 퍼져 나오는 불빛들이
상가의 불빛 공세를 막아서고 있다
커다란 둥지 같아 역사驛舍는 사뭇 고즈넉하다
쉴 새 없이 다가섰다 지나가는 전철들

긴장과 설렘
타고 내리고 흩어지는 사람들의
무심한 듯 무심치 않은 수많은 이야기들의
프롤로그가 있다
숱한 삶의 단서들이
플랫폼에, 에스컬레이터에 쌓인다

저 끝없는 집산集散의 단순 반복
그 속엔 바닥 모를 깊이의 어두운 침잠과
혹 우주로 튕겨버릴 탄발彈發의 역동力動도 함께 존재해
서로 어깨를 비빈다

그것은 긴장이요 설렘,
삶의 단면이다

플랫폼에 내려 서성여본다
침잠의 어둠을 헤치고
우주로 튕겨 오르는 그림을 그린다
십 년 전의 누군가가 되기도 하고,
십 년 후의 누군가가 되어
누구를 기다려보기도 한다

사람이란 어디서 오는가
내가 서 있는 이 플랫폼은 어디쯤 어느 역인가

쉴 새 없이 전철은 다가왔다 지나가고
오늘 밤 고즈넉한 이 역
왠지 그림 속의 역 같기만 하다

계절이 바뀐다는 건

계절이 간다. 여름이 간다
외등에 어지럽던 벌레들이 자취를 감추고
대기를 적시고 있던 물의 분자들도 증발해 맑다

하늘은 뜨거운 염전물에 비쳤던 뭉게구름보다
짜지 않고 새털 같은 가벼움이 있어 부드럽다
생산적이지만 끈적했던 여름

계절이 바뀐다는 건 삶을 돌아보고 만져보게 한다
일상을 놓고 나의 거울을 본다

거울 속엔 내가 있고 시간이 있고 과거가 있다
당신에게 풍겼던 나의 냄새도 있다
그곳에 있는 사람, 미완성의 얼굴
나는 그 사람을 사랑하지만 어딘가 허전하다
그 사람이 말한다

삶이란
매일 조금씩 가슴을 풀어내고
매일 조금씩 채워가는 것

만져지지 않는 숙제를 안고 이 가을을 살자면
첫눈 올 때쯤 거울 속 사람에게 사랑이 묻어날까
봄꽃이 피고 또, 여름 가을 겨울 오가면
그 사랑 여물어 거울 속에 한 줌의 미소

일상은 계절을 잊게 하고
계절은 그렇게 바뀌며 조금씩
사람을 여물게 하는가

북성부두*

　오후 두 시라 간조干潮니 물 빠진 뻘에는
　갈매기들 더러는 앉아 졸고 더러는 게으른 날갯짓으
로 날다 말다

　탯줄 같은 갯골 따라 인천항 깊숙이 돌아앉은 포구
　북성부두를 아시는가

　만선은 아니지만
　이물엔 동백하 고봉으로
　고물에 가자미 황세기 꽃게 망둥이
　서너 척이면 어떠랴

　투박한 공구리 잔교에 매달린 고깃배엔
　할아비 할미 아낙 할 것 없이 뱃전 밟고 올라
　착한 김장거리 새우가 얼마며
　꾸둑꾸둑 말려 간장에 찜 할 가자미 박대기는 또 얼
마며

올저녁 식탁에 올릴 매운탕 국물 시원케 할 꽃게는
싼지 비싼지
왠지 너나없이 모두 맘이 바쁜 오후

나른한 햇빛 아래 몸을 말리는 박대기들 멍석 위에
긴 막대 혼자 돌아가는 자동 파리채는
아침부터 여태껏 느릿느릿 빙빙

할비의 할비 때도 마냥 저랬을
북성부두가 이쁘지 아니한가

* 옛 이름은 똥마장부두.

연안부두 어시장

마누라 심부름에
연안부두 어시장 가오

들어서면 얼굴에 끼치는 비린 내음
발바닥에 전해오는 차가움도 왠지 좋소
오후 세 시
밀리는 사람들

꽃게들 팔락거리는 함지 앞 여인네들
웃음소리가
씀바귀꽃처럼 아름답소

작은 망태가 못내 힘겨운 바지락 할머니
얼른 받아 들고 만 원 드리니
주름 사이로 흐르는 미소
조금 때 밀려오는 잔잔한 물결 같소

명태 도미 우럭 서대 먹갈치

보고 살피며 술 한잔 생각나는데
얼음 수레 사정없이 밀고 외쳐대니
아따, 좋은 꿈 깨졌소

가운데는 넓은 길
오징어 낙지 주꾸미 삼치 고등어
다들 두고 온 고향 그리듯 모로 누웠는데
오직 납작 누워 하얀 배 드러낸 홍어들
잘 삭힌 놈으로 썰어 낸 남도 삼합 생각에
화하니 입안 가득 침이 고이고

건어물상엔
초로初老의 아줌마
넉넉한 웃음
두툼한 김 몇 톳에 북어포 한 두름 사서 돌아서려니
갓 구운 노가리 몇 마리 건네며
활짝 웃네

돌아서면 젓갈 동네
연전年前에 돌아가신 장모님
이쁜 딸 내게 시집보낼 적 일러주신 단골집
꽃다운 젊음 젓국에 담아 고이 늙었거니
이 아니 아름답고 고맙지 않겠소

안쪽으로 돌면 갸름한 흰 얼굴 조기 아줌마
언제나처럼 밝은 웃음
서른 마리 무더기에 네댓 더 얹어
소금 뿌려 힘껏 흔들죠

뒤로는 아낙들 회칼 놀림이 현란한 동네
겨울에는 두툼하고 뱃바지 허연 먼바다 광어회가
일품이죠
오늘은 소주 한잔 광어회에
진한 고추냉이 초장으로 눈물 흘리며
연안부두 어시장을 한껏 기려야겠소

백치白痴 물고기

수조에 갇힌 물고기를 보고 있다
어느 바다에서 왔는지 말하려 하지 않는구나
이 작은 바다에 갇힌 너는
찌그러지지 않은 동그란 눈이 슬프다
두 눈은 깊은 생각에 잠긴 듯하고, 아니 어쩌면
너의 무구無垢한 백치를 말하려는 듯도 하다
물 밖의 내 눈을 향한 증오의 전율이 없다면,
너는 대체 누구란 말인가
―베여도 아프지 않았다―
네 몸을 저며 아름답게 널어놓고 앉은 사람들
네 몸의 편린과 육점肉點 그 유려한 색과 부드러움을
찬탄하다가
너를 품었던 바다를 동경하다가
종래엔 너의 침묵과 무저항의 덕을 기리며
무통점無痛點 백치미를 노래하고 있구나

황어

.

내리쏟는 강물 거슬러 어디쯤
너의 깃발을 세우려는가
더 높은 물을 향한 장렬한 몸부림
거룩하다

너의 일생은 바다, 그 여정은 끝도 없이
삶과 죽음을 가르는 변곡으로 점철했으리
용케도 견뎌냈구나

작디작은 알에서 비롯한 삶
너무도 사소한 시작이어서
누구의 축복도 가호加護도 없는
무無의 존재였다

몸 어딘가에 새겼을 무의 흔적을 찾아
마지막 비늘 한 조각까지 떨어져 나가도록
몸부림쳐서 고향에 이르면

너는 다시 네 분신에 무의 흔적을 남겨
뛸굴 것인가, 황어여

역 앞에서

감자 옥수수 여남은 개
푸성귀 몇 단에 강낭콩 한 사발
이 쓸쓸한 팔 것들이 다 사랑이련만
오늘 가기 전 팔리기나 하려나
짚방석에 노구를 앉히고
전철역 계단 지키는 할머니

몽돌해안 파도처럼
소리 내 구르며 새기고 간 세월의 자국들
얼굴과 손등에 무수히 그려졌을 뿐
가난도 삶이려니
눈동자엔 독기도 없는 서늘한 편안함만 그득하다

반닫이 깊은 곳에 눌러둔 달래 냉이 같은 기억들일랑
꺼낼 수조차 없으니
노구의 허허로운 미소로 그 삶 가늠키도 어렵네

허구한 날
바람에 물안개 쓸리듯 생각 없이 흐르는
사람들의 바쁜 발걸음 소리들
이승을 돌아서는 날에도 들릴까

찰옥수수 몇 개 집어 들고
하늘을 보니
산란하는 불빛에 별들도 아득하다

도시의 나그네 되어

1
넘치고, 빠르네
시시각각 건물들 돋아나 해와 달을 향해 솟고
유영하는 온갖 물체, 물질들에 섞여 사람들은
돌아보지 않는 시간을 타고 내닫네. 다가서기 힘드네
쉬어 갈 만한 자리는 어디인가

그대, 거기
느림도 아름다운 곳
모든 언어들이 춤추며 넘나들 창은 활짝 열어두게

나는, 화폭을 하나 둘러메고 여백을 찾아 발을 옮기네
여백은 머네. 바람이 쉬며 나드는 공간
도심을 떠나는 길 따라, 가고 또 가면 푸른 여백이 있
을 거야
도시에서 추방된 제비들 만나
세상의 청정淸淨을 지키는 법 배우며,

28

흙으로 집 짓고, 그 속에 눕는 편안한 자세를 배울 수
도 있을 거야
아, 그러나 너무 먼 여백
제비도, 제비나비도 한 마리 만날 수 없어, 노을에
고독한 엉겅퀴 한 그루만 화폭에 옮겼네

2
도시에 어둠이 내렸네
빛들은 모두 모여 부딪고 산란하며 춤추고
검게 솟은 빌딩들은 별이 없는 밤하늘을 두르고 서서
침묵에 빠져드네
어지러운 낮의 잔영들도 지워질 시간
어디에도 제비 한 마리 앉아 쉴 곳은 없어 보이네
도시는 거대한 신내림 뜨거운 밤을 앓고, 허물 벗으며
또 하나의 치열한 아침을 준비하네

새벽이 오네, 이슬에 젖은 길

길 위를 걷는 새벽 사람들, 끝없는 아침의 행렬엔
돌아보는 얼굴이 없네

저 길 끝은
초원인가, 아니면 전선戰線인가
햇빛 쏟아지는 초원을 화폭에 가득
담고 싶네

지하철

지하철 타고 종로5가로 간다
친구와 술 한잔 마시러 간다
열차는 두 줄 철로 위
시발점이 어딘지는 모른다
어느 별에서 오는 철로도 있을 것이다
역마다 서면 열차가 지나가고
잠깐 섰다간 또 흐르듯 지나간다
그쪽은 이방인들
어느 별을 떠나 먼 길 달려온 사람들의
다른 언어가 떠 있을 것 같다
이쪽은 모두
손에 든 전화기 속 무언가에 이끌려 무겁다
노래를 불러볼까
그래도 듣는 사람은 없겠지
종로5가에 내려 친구랑 술 한잔하고
청계천 물에 대고 노래하면 물고기가 들어줄 것이다

매듭

영零으로 수렴하는가 옹크린 모습
작은 매듭이여
끊음과 이음 사이 너무 멀어 번민의 밤을 보냈나
그대는 본디 형이상학적 존재

둘이 하나 됨은 아름다워. 허나, 다름을 같게 할 수
있을까
　다름은 다름, 왜 그리 맺으려 하는가
　맺음은 하나가 되고, 쉼 없는 흐름이 되는가
　역류도 있으리니, 그대
　역류는 아픈 것, 그래도 가야 하는 줄 그대의 태생이
말해주네

　역류의 시간에 어둠을 보았나
　매듭이여, 그대는 불굴
　거룩한 손, 사랑이야
　어둠을 거두어내는 빛을 보았겠지

길고 긴 인고의 시간

마침내, 그대의 하늘 흔들던 천둥도 멎고 평화로워
먼 길에서 돌아온 그대, 한 송이 꽃이 되었네

간이역

작은 역사에 내린다
두어 사람 느릿느릿 사라진 뒤로
철길은 아지랑이 속이다
몇 그루 나무들
짙은 녹음에 공동空洞 같은 그늘들 끌고
역사 안팎은 움직이는 것 하나 없는
진공眞空의 오후

어깨 가슴 누르던 무게 간곳없다
도심의 인력引力도 여기가 한계
이젠 원심遠心을 타고 이탈할 순간이다
삶과 삶의 테두리를 얽어매던 간선幹線들은 멀고
여긴 어느 지선支線 끝머리쯤

멀수록 좋다
바다도 좋고 하늘은 더 좋다
나무 그늘 공동에 누워 오늘을 묵노라면

밤엔 별들이 무척 가깝겠지
밤새 별들 눈에 담다가
새벽쯤 떠날까
역장에게 물어 별로 가는 열차도 알아보리라

말

말은 날개를 달았다

자유와 동의어
자물통과 한통속이다

새장 안에 갇히지 말아요
새장 안에서 은빛 나래를 꿈꾼들
무슨 소용이에요

사람들 사이를 떠돌다
침묵하다 떠도는 빛이여

사람인 사람 만나
무지갯빛 찬란히 펼쳐 보이고

강 건너 사랑 찾아
조심스레 나래를 펄럭이다가도

때로는, 광대의 소매 속
비수가 되기도 하는
변환의 명수여

폴리티션, 그 위대함

폴리티션, 아름다운 이름
그가 춤을 춘다
현란하고 우아한 몸짓
햇빛에 반짝이는 말의 은빛 비늘들
찬란한 아우라
숨겨진 칼끝 푸르네

흘러간 시절
넝마에 가려진 미소도
모나리자의 그것처럼 아름다웠다
쏟아지는 언어들,
그대들 가슴 갈피에 쌓여
언젠간 움터 흘러넘치리니
위대하여라, 폴리티션
숨겨진 눈빛 차갑다

간다, 다만 태울 뿐

돌아올 다리를 남기지 않는다
불타는 다리 위 달에게 물어보라
그는 위대하다
돌아오지 않는다

보라
백척간두 삭풍이 몰아칠 때
화려한 춤 추는 위대한 폴리티션
숨겨진 칼 푸른빛
운다

오! 위대한 어릿광대여

상자와 시계

상자 속에 시계를 넣었다
몇 년 후에 열어보니 멈춰 있었다
언제 멈췄는지는 알 수 없다
죽음의 색이었다
상자 속엔 밀폐의 음험함, 무관심의 잔인함이
항거의 흔적처럼 엉겨 있다
허전한 손목을 내려다보지만
자국은 남아 있지 않다
밀폐는 형벌인가
나는 후회했다
시계의 멸실을, 두고두고 아파할 것이다

2부

꽃이 질 때

꽃이 진다
꽃은 문을 닫는다
벌 나비는 오지 않는다
단절의 시간, 그러나 그건
내밀의 시간을 여는
의식이기도 하다

꽃은 안다
지는 건 슬퍼할 일이 아니다
그 작은 영역에서
조금의 햇빛과 물과 자양으로
지극히 겸허하게 움트고 자라
찬란한 꽃 피우고 씨를 안으니
별의 속삭임으로 살찌우고
별에게 돌려주려네

옆자리 풀잎들아

그대들 사랑해 어깨를 비비노니

바람이여

더 세게 불어라

꿈

꿈이란

꿈속엔 숲이 있는가
바다가 있는가
노루 숨소리,
파도 소리 듣는 뿔고둥 하나 있는가

꿈에는 시간이 있어
해가 뜨고 또 저물듯
자고 또 깨며 여물어가는가

꿈,
물처럼 낮은 데로 흘러
세상의 낮은 것들 어루만지며
여린 가슴에도 별을 심고

아, 꿈이란

숲이며 바다며 시간이며 물이며
별, 그리고
이 세상 어디든
간절한 가슴마다 다가가 움 틔우는
사랑의 나무

해달구지

그러께엔 왼쪽 전봇대 너머
나지막한 야산 하나 온전히 뵈더니만
볼품없이 들어선 높다란 천막 공장 탓에
반쪽 하늘, 반쪽 산만 보인다

저녁마다 달구지 타고 반쪽 산 넘는 석양
거망 노을빛에 하루 가는 줄은 알겠다

오른쪽 언덕배기 늠름하던 느티나무
새로 생긴 주유소 너머로 빼꼼, 잎 다 떨군 우듬지 위로
엊저녁 넘어갔던 해달구지가 아침노을 뿌리며 온다

해달구지는 시간 맞춰 오고 가지만
마구잡이 아래 세상은 덕지덕지
해는 신음하며 말이 없다. 어지러움에 익숙해진 탓일까

해달구지야 오건 가건 하 무심한 손들

언제쯤 착해지려나
온 하늘 멋있게 질러가는 해달구지 볼 수가 없네

또 하나의 겨울 문턱

는개는
이틀째 새털 빗살을 뿌리며
겨울을 당기고 있다

뿌옇게 엎드린 산등성이
까마귀 한 마리 낮게 울어
가을을 밀쳐내는 듯

산자락 물고 이어진 길로
비닐우비 걸친 사람
는개에 쓸려 까무룩 사라져간다

삼사월 안개비에 어깨 적시던
그 촉촉함은 아니리라

이맘때면 어김없이
희뿌연 는개로 젖는 길

오늘은 또 하나의 겨울 문턱에서

차가움 말고

겨울잠 드는 곰 꿈 얘기나 들려주려나

눈 덮인 산

여름내 산들은 푸르게 부풀었다
안은 터질 듯, 밖은 끓는 듯

가을은 환희, 차라리 절규였다
원색의 몸을 흔들어 뿜던 광상곡
색의 잔치는 끝나고
옷을 벗은 산들은 검게 엎드렸다

겨울이 오고 눈이 내렸다
눈으로 분식粉飾한 산들
기름진 속살 위로 순백의 깃 날리며
능선마다 끝없는 나목들의 행렬들

산과 산을 넘어, 산맥을 따라 어디쯤
찬란한 계절 있어 저마다 팔 벌려 움 틔우고
밟고 온 산하 속속들이
분출하는 생명들 넘치리라

축구표 한 장

인천유나이티드 홈경기 표 한 장 끊는다
흰머리 한 노인이 신분증 디밀고 표를 받는다
여기도 노인 우대는 있는 것
끊은 표가 머쓱해 보인다

강등 선상 선수들의 처절한 몸부림이 어른거리고
표 한 장은 분명 응원의 표였기에 환불을 포기한다
다음 또 그다음엔 공짜 좌석 하나 메움만으로도
애절한 함성에 섞였을 터

최후의 날, 그린 피치 위아래
젊은 그들 모두 어울려 추락으로부터의 자유를 얻는다
뼛속에서 뿜어내는 생명의 소리들
나도 섞여 돌고 돌다가 마침내
이른 봄 팔 벌려 새잎 터뜨리는 나무들처럼
수직 관통의 환희를 겪는다

진공의 시간

무언가, 무엇인가
생각해내려 해도
아무것도 떠오르지 않는 하이얀 오후
먹는 일 외엔 할 일이 없다
점심 후 돌아선 지 두어 점, 배가 고프다
먹자, 먹으면 뭐라도 떠오를지
먹통의 순간
암전暗轉일까
지나면 새 무대라도 열리려는가
아니, 영혼이 증발했는지도
그렇다면 육신은 잠자코 있어야지
배는 왜 또 고픈가
영혼과 육신, 관계마저 혼미해진
하릴없는 진공의 시간

기억의 밭

잊고 싶은 어떤 기억은
소멸될 낌새도 없이 세월 두고 잘도 자라고
오, 그랬지
붙잡아 두고 가끔 떠올리고픈 기억은 참,
손가락 사이로 빠지는 모래처럼 잘도 닳데요
그래, 내 기억의 밭 저 끝은 늘 쓸쓸하거나
쓰거나

손

수많은 사람들 손을 잡았다
연전에 가신 누님 손도 잡아보았다
그 손들 한 손 한 손 싫지 않았다
팔자에 선량選良 꿈 없는데 무슨 일로 그 많은 손들을
거친 손 고운 손, 남자 손 여자 손, 어른 손 고사리손
손을 잡고 또 잡다 보면 손앓이도 오련만
끝끝내 웃으며 손잡은 것은 손의 가르침이려니
꿈 깨고 자못 숙연했다

술 한잔의 기쁨

술 한잔에
아는 것도
알아볼 것도
씹을 것도
엎을 것도 없으며
누구 죽일 일은 더욱 없으니
다만
껄껄거리다
낄낄거리다
오장과 육부 다 씻고
말초까지 드러날 즈음
조용히 밤길 나서 별을 사랑할 수 있다면
보다 더 족한 덕목이
있을까마는

창부타령에 부쳐

어허 한바탕 휘돌아라
사랑도 한 자락 수심도 한 자락
휘감아 돌아라
목젖에 걸린 울음일랑 한 모금에 삼킬거나

남원 창부신 올라왔네, 이 아니 반갑소
어허,
울다가 웃다가 (얼쑤)
일 년 열두 달 횡수도액 막아주소
덩 따 덩 따라라 궁 따 궁따
젓대 소리 자지러진다
놀아보세

아니
아니 놀지는 못하리라

흥이어도 좋고 울음이어도 좋소

알고 보면 다 같은 속 아니겠소
뱃속 깊은 갈피에 절이고 삭힌 한恨 있거든
모두 꺼내 소리로 풀어놓고 한바탕 놀아보소
(얼씨구)

예쁜 자태 아낙이여 고운 음색 높이 노니
듣는 이 혼절하겠네
세월 겪기 힘들었나 착한 남정네들
쉰 목소리로 꺾어 낼 때 온몸이 전율일세
좋고도 좋지 않소

사랑 사랑 사랑아, 그대가 바로 사랑이니
그대 옆도 사랑이요
세상 모두가 사랑이라면 이 아니 좋겠는가
얼씨구
절씨구 지화자 좋네
아니 놀지는 못하리라

3부

방패연

태생이 바람이요
줄은 하이얀 양사洋絲*에
짙푸른 하늘이 제격이죠

꿈일랑 글로 적지 말아요
구름에 닿을 듯 휘어 오른 바람 실
그 머리 꼬옥 쥐고
체온과 함께 실어요

동남 훈풍에 그대 꿈
오롯이 전할게요

* 순면 재봉사.

봄, 원미산에서

겨우내 하늘은
눈산 마루 달리다
이 포근한 초사월
암탉 둥지 같은 산기슭에 내려 쉬다가
아지랑이 휘감아
피어오르죠

하얀 손 높이 멋들어진
왕벚꽃나무들
팔마다 고운 적삼 걸치고
눈부시게 춤추며 다가오는데

이제야 더
숨죽여 기다릴 일 있으랴
찬란한 봄
속가슴 보일라 진달래꽃
온 산에
진달랫빛 꽃너울

소래산송頌

비와
눈과
천둥, 구름 벗 삼아
낮, 밤 없이 외봉으로
오롯이 앉아
영겁의 시간 머금다

언젠가
닭 우는 소리 듣고
반가웠으리
소래산*

인천 부천 시흥
꼭짓점에 앉아
넓은 품 큰 팔 벌리고
오르는 사람들
다 안고 닦아주네

그 자락 잡고
은행나무 천년,
진노랑 아름다움
눈부셔라

오! 외봉 소래산
덕이 가없네

* 299미터.

파도에게

태풍 지나간 만조에 바다를,
파도를 본다
하얀 너울 춤추는 자락이라
사랑인가

십 리 뚝 삼킬 듯 휘몰던 위용,
오늘은 어찌 조용한 몸짓으로 발을 적시나

먼바다에 광풍 일었단 소식에
파도, 바다 뒤집을 줄은 알았다만

오는 길 엎드린 마을이며 배며
선한 사람들 휘몰아 던졌으니 파도여,
갈기로 떠도는 무구한 넋들도 보았겠네
무슨 아랑곳이랴

광풍의 그 바다 깊디깊은 곳

태초에 놓인 침묵의 골 있어 아마도,
영원토록 범치 못하리니
그대, 파도의 덧없음 너무 가벼워

호박 덩굴

잡초만 어지럽던 작은 공터에
몇 줄기 호박 덩굴이 생겼다
이 장마에 온통 펑퍼짐한 잎들로 덮였으니
넉넉한 동산
이리저리 내미는 덩굴손들
잠시 잊었다 돌아보면
서너 뼘씩 자라 있는 저 왕성함이란

안개 촉촉한 이른 아침
싱싱한 잎들 펼쳐 들고 다 같이 하늘바라기
고향의 처녀들 돌아와 춤추는가
넓은 치마 너풀대며 네 복 내 복 받아내는구나
고무줄 넘는 소녀들 노랫소리도 들리네

오, 눈부신 노란 꽃 여남은 송이는
그리운 사람들 소식이리

밤 산행

칠흑의 산, 계곡물 소리 멀어진 지 오래
내뿜는 숨소리 밤공기에 막혀 얼굴에 덮여온다

이마의 불빛이 열어주는 외길은 가파르다
아침이 오기 전 여명이 오기는 올까
새들도 잠들었으니 울음이 없고 바람도 잔다

무념의 걸음도 차츰 고행의 언저리
곤한 몸이 무게를 한 짐 더할 때쯤
어둠에서 비로소 어깨를 드러내는 산

어스름에 달리는 산맥 좇노라면
이윽고 동쪽 연봉 위로 뻘구름 질펀히 떠오르고
불덩이 같은 맑은 해 쑤욱 솟아오른다

덮였던 어둠은 노을 끌고 내달아 서산 높이 부리니
빛과 파도 서로 어우러져 환희를 뿌린다

산장에서

상상의 끝도 닿지를 않네
수백 수만 년 비껴 온 빛들이라니
오늘 밤 쏟아질 듯한 저 별들
그저 바라볼 뿐

이슬마다 비친 별빛들도
저마다 꿈꾸는 고향 은하에 있으니
풀잎에 스치는 바람인들 그 끝 알랴

출렁이는 도시의 빛과 소리들
무시로 벗고픈 옷이라

도심의 옷 홀홀 다 벗어 던지고
나신裸身으로 머물고픈 산장

별과
풀벌레 소리와

먼 산으로 이우는 상현달

그리고 이웃들의 고단한 땀 냄새까지 모두

사랑하지 않을 수 없네

제비는 안 오는가

칠월,
장마가 한창인데 제비는 아직 오지 않았다
작년 여름내 창밖 전깃줄에 열댓 마리
줄지어 앉았다간 흩어지고
흩어졌다간 다시 줄지어 앉던 제비들
잊혔던 먼 기억 들추듯 돌아와
하얀 구름 푸른 하늘 두르고 앉았던 예쁜 제비여
네 놀던 그 청정 들판은 아니었나
그립구나

전깃줄

푸른 하늘이 전깃줄을 달래고 있다
줄은 가늘게 묵선墨線을 친다
횡선이되, 기하학적 횡선은 아니다
여인의 소매처럼 단아한 곡선
흐트러짐이 없다
치명적 기운을 감추고 있지만 드러내지 않는다
줄은 뜨거운 팔월에 아름답다
가을 들면 떠날 제비들 높이 노닐다
열 지어 앉아 쉬곤 하던 저 바람의 묵선들
흰 구름 눈부심 속으로 파고들다 돌아보면
푸른 하늘로 퐁당퐁당 빠지던 제비들아
그대들 기다린 팔월 다 지나도, 줄은
그저 허공일 뿐이네

풍경

낮은 길었다

하늘에
주단紬緞 드리우고
붉은 색 맑은 해
금세
서산을 넘는다

산 그림자 짙으니
숲은 이내
푸근한 침묵 속에 잠겨들고

오후 내
호수 위 횃대에 앉았던
왜가리 한 마리
나래를 펴
솔숲으로 날아가다

− 인천대공원 호수에서

어제는 비

어제는 비
오늘은
세상이 맑고 깊다, 하늘까지
풀 나무 산도 집도 투명
마음은 두둥실 떠서 산야로 간다

푸른 산에 발 딛고 하얗게 피어오르는
뭉게구름 만나러

들판 질러 흐르는 시냇물
끝도 없는 얘기 소리 들으러

푸른 무논 위 춤추며 사각대는
시원한 바람 소리 들으러

산야로
산야로 간다

어린 감나무

간밤 비에
마른 잎 다 떨구고
나목으로 섰네
어린 감나무

가끔 작은 새들 날아와
놀다 가네
까치는 가지들 아직 여려
내년에 다시 오기로 하네

비도 바람도 다 멎은
스산한 겨울 문턱
햇빛은 나목의 긴 그림자 끌고
발치로 내려와 벌써
봄 얘기 들려주네

하얀 나무 살에

짙은 동그라미 테 하나 그리면
돌맞이 봄
가지 끝마다 새 움 트는 소리에
한껏 물 올리겠네
어린 감나무

수평선

발밑에 파도 소리
눈앞에서 은빛 조각이 빛났다
부서지는 빛의 조각들, 부서지고 또 부서져
눈부시게 수면을 덮고
바다는 통째로 부풀어
오후의 높은 해를 향해 떠오를 순간
썰매를 타고 무한정 달리면 닿을까
저 침묵의 선

들꽃들 눕다

겨울 냉기 가신 이른 봄 제비꽃을 본다
보랏빛 다소곳한 수줍음을 여기서 보다니
아파트 살다 고운 님 만났네
반가움에 뜰을 걷는다

응달엔 더러 이끼도 앉았고
양지마다 퍼진 들풀들, 올봄에 분명 잔치를 벌일 테지

민들레꽃이 핀다
샛노랑 여린 꽃잎들, 작은 원 그리며 웃네
성급한 놈은 벌써 가녀린 대 위에 동그란 씨풍선을
올린다

종일 햇빛 쏟는 양지쪽엔 아기 손톱만 한 것들
하늘색 맑은 꽃잎들이 뿌려놓은 듯 흐드러졌다
해 높으면 피고 기울면 오므리는 개불알풀꽃
그래, 사랑스러운 이름이지

봄은 깊어가고
하이얀 꽃잎 네 갈래 연보랏빛 속가슴 종지나물꽃
들꽃이 더욱 예쁜 건 무리 지어 피기 때문이라

봄 무르익으니 응달진 담 따라 진노랑 꽃잎 애기똥풀꽃
하늘거리며 웃는 소리 담장을 넘는다
그리고도 많죠, 이름 외기 바쁜 귀염, 기쁨들

어느 날, 느닷없어라
예초기 소리 날카로워 내다보니
흩어지는 것들
꽃들의 꿈, 바람이라

뜰은 황량해지고 난 신음을 삼킨다
들꽃들, 씨도 못 맺고 다 누웠으니
내년에도 그 맑은 얼굴들 또 볼 수 있을까

들꽃들 스러진 자리에

맥문동 포기들이

열병식 병정들처럼 줄지어 섰다

무봉 삼제 無縫三題

숲을 지나
산은 봉우리 넘고
작은 새들 한 무리 중턱을 지른다
깊고 푸른 하늘
등성이 넘는 구름 한가로워

송도 앞바다
잔바람
은빛 물결 가르는 동력선 하나
나는 갈매기들
모두 혼자가 아니라네

가슴에 펼친 그림과 언어들
각틀에 가두지 말아요
꿈과 현실,
지난 시간 다가올 시간들
솔기 없어라

돌아보면

앉은 자리 외 모두가

솔기 없는 천의天衣인 것을

탁란 일기
– 뱁새 둥지의 허전함

하늘에 새털구름이 갑니다
뱁새가 둥지를 짓습니다. 아늑한 보금자리

파아란색 예쁜 알을 세 개 낳았습니다
푸른 하늘을 세 바퀴 돌다 왔습니다
알 하나가 커져 있습니다
아무래도 한 놈이 씩씩한 새끼인가 봅니다

한 놈이 먼저 깨어났습니다
예쁘진 않지만 몸집이 크고 우람해 보여 뱁새는 기쁩
니다
산과 들에서 먹이들을 물어다 알뜰히 먹입니다
작은 알에서도 새끼가 한 마리 깨어납니다
작지만 귀엽게 잘 키울 생각입니다

엄마 마음을 시샘했는지
큰 놈은 갓난 동생을 둥지 밖으로 밀어 떨어뜨립니다

아! 슬프지만, 어쩔 수 없습니다
험한 세상 너라도 잘 크렴, 엄마는 더 열심입니다
아빠도 같은 생각인가 봅니다

다음 날 나갔다 와보니 마지막 알이 없습니다
숙명인가 봅니다. 열흘쯤 지납니다
새끼는 둥지를 깔고 앉았습니다
그래도 귀여운 아기,
빨간 입속만 보이면 부지런히 물어다 먹입니다

스무 날쯤 되었나 봅니다
새끼도 날아보려 퍼덕여봅니다
옳지, 이젠 다 컸구나
새끼와 함께 하늘을 날아보는 상상을 합니다

숲은 이제 한껏 부풀었습니다
날아라, 귀여운 내 아기

더 맛있는 먹이 물고 돌아오니 늦었습니다
둥지 깔고 앉았던 새끼는 날아가 버리고
깔렸던 둥지만 허전합니다

어디선가 뻐꾸기 소리가 들립니다
뻐꾹 뻐꾹 뻐꾹
뻐꾸기 웃음인가 봅니다

4부

엄마

빛이라 하겠습니다
그 겨울
찬 바람 맞으며 떠난 여정 끝
길 모롱이에서
옷깃에 내려앉는 명주실 같은
빛이었습니다

칠흑은 무겁고
들리지 않고
끝이 없는 적막인데
내 몸을 감은 명주실 속은
천 길처럼 아늑하고 아득합니다

바람이어도 좋은 것은 아니겠지요

명주실 속 깊은 그 속에는
언제나

따스함으로 휘감는
이야기가 있습니다

어느 여름날
목마름으로 풀어야 할
그 가늘고
그 끝없는 것

엄마
어머니

사십칠 년

한 아름 빈 콩깍지
걸어온 누구 삶의 본질도 저것이려니
양팔로 안아보니 무게가 없네

아직도 째깍거리는 시간들
두레박으로 퍼 올리면 건져지려나
민들레 꽃바람 같네

누구인지 모를 잔상殘像들 바람 끝에 매달려
몸부림치거나 흩어지거나
도무지 기억에 와 닿지 않는
나의 체취여

널린 시간의 잔해 더미 속에서
시제詩題를 하나 받는다
'엄마'
밤새워 풀어도 다 풀 수 없는

명주실 같은 빛, 엄마를 시 쓰며
비로소, 한 조각 아늑함을 입는다

사십칠 년!
논할 게 뭐며 노래할 건 무언가
한 줌 잡을 수 없는 세월, 시詩도 없었던

이제는 큰북처럼 나직이 울려
깊음을 간직하는 법 배워야 할 뿐

공장과 시와 별과

시를 쓰자 공장도 하자. 어느 대폿집 벽의 낙서가 아
닙니다

결국 가구 공장이었죠. 먼지 쓰고 바쁘던 시절, 나 있
을 곳 따로 있었겠소만

그건 내가 아니었고 나 있을 곳도 아니었나 봅니다

거울 보며 웃어봐도 동토凍土의 얼굴, 보고 또 봐도
남만 같으니

그 가슴 어디에 시 한 줄 품을 수 있었겠어요

끝내 다 무너진 영零의 땅에서 잃어버린 말, 말들을
줍습니다

넋을 줍고 사랑하는 아내를 줍고 그리운 엄마 잃어버
린 시간도 줍습니다

공장과 시와 별과 어설픈 꿈 꾸던 그날로 돌아가 몇
줄 풋풋한 시를 짓고

비로소 다시 생각해봅니다. 푸른 꿈

남은 날은

그 골목엔 햇살 가득, 옹근 꿈
등잔불로 밤새우던 간절함도 있었습니다

내딛고 달리던 세상 아름다웠죠
신기루였어요
언젠가 피었던 꽃들도 시들었습니다
꿈이 설고 간절함 미치지 못함이니
처절한 상처들 내버려 둘 뿐이죠

나래 접고 돌아보니 시간도 흘러
아픈 곳 다 아물어가는데
해는 아직 저리 높으니 놀라운 풍경 아닌가요

남은 날은
다만 사랑할 일입니다

양촌읍 대포리

내가 하루건너 머무는 곳 김포 강화 가는 길목이다. 녹지에 들어선 작은 공장들 즐비하지만 밤이면 높은 별들 온전히 볼 수 있어 축복이다. 시골도 도시도 아닌 변두리. 철이면 밤새 오리 떼 끼룩거리며 달 비껴 날고 잊었던 별들에게 물어보면 먼 메아리처럼 답이 온다. 어린 시절도 방황의 시절도 고스란히 담아 들려준다. 별을 본다는 건 별을 잊지 않는 것이요 세월을 잊음이리라. 그렇게 세월 잊으며 내가 하루건너 사는 이곳이 새삼 그리운 고향인 것이다

당신

막내가 묻길래
당신
들꽃이라 했죠

그 애 다 큰
이른 봄날
해 드는 창가에 선 당신은
봄꽃

한 세월 겪기
한 결이었죠

봄이면
따스한 햇살에
무서리 녹은 자리
시리도록 맑게 피는
하늘빛 파아란 미소
당신은

목소리

"나 이제 살았어"
유형流刑의 땅에서 돌아온 음성

스물네 시간 맞교대하는 짝이었다
대장 저 끝에 스며든 마魔 착한 몸 파고들어서
결국은 자르고, 꺼내고, 주머니 매단 채
유형의 땅에 떨어졌다

손끝으로 전해오던 애잔한 열망
메마른 촉수로 가을 햇살 더듬는 덩굴잎 같아
얼마큼은 연민 얼마큼은 바람으로
다만 이기길 바랐을 뿐

돌아서 일상에 묻힌 후론 소식 묻자니 두렵고
기적의 전화 한 통 기다리는 데면데면한 마음이었달까

병 낫기 기다려주는 따뜻한 곳은 아니어서

병원 가는 날이 퇴직 날이었던 사람
행여 불귀不歸의 길 떠나면
그를 위해 흘려줄 눈물 한 방울 남았던가

"나 이제 살았어"
느닷없이 들려온 목소리에 눈시울 뜨거워
얼비치는 휑한 모습
이 가을 가고 겨울 다 지나면
꺼낸 것들 다시 넣고 잇고
봄사람 되어 그가 온단다

* 그는 이듬해 건강한 모습을 찾았다.

콩깍지

아내와
한 소쿠리 강낭콩 깍지를 깐다
엄지손가락 끝이 생인손처럼 아리다

아내는
아픔을 삼켰는지
씩씩하다

아내와 함께한 세월
가슴 한켠 차오르는데

한 아름 빈 콩깍지
내게
무엇을 말하려는가

붉은 콩 다시 품을 수 없다면
한겨울 활활
불이라도 될까

나는 철부지

오랜 세월
왜 당신 보이지 않았지

일곱 고개 넘어 듣네 당신 목소리

당신의 길 함께한 건
세월과 철부지

지금도 매일
있는 듯 없는 듯 그대
오래오래 따르겠네
사랑이여

아내에게

당신을 그리고 싶었습니다
글줄은 떠오르지 않았습니다

몇 줄 글로 당신을 가두려 함이 부질없죠
그래도 내 안의 당신, 당신답게 그릴 수만 있다면

당신을 그리는 일은 나를 돌아보는 일
난 나를 돌아보기가 부끄럽습니다
무얼 잡으려 했는지, 왜 잡으려 했는지
실없는 걸음은 끝도 없었죠

먼 길 돌아오니 당신은
포근한 모습 그대로 거기 있습니다
오랜 세월 당신을 보지 못한 내가 믿을 수 없습니다

강물은 처음 샘이었죠
당신이 나의 맑은 샘이라는 걸 깨닫습니다

새소리가 들리네요
샘가에 퍼지는 소리
당신의 새벽 촉촉한 인기척인 줄 오늘에야 압니다
늦깎이 깨달음도 기쁨이지요
아내여, 사랑합니다

– 2016. 1. 고희古稀를 맞으며

1951 단상斷想
−누나의 추억

1

오십일년 겨울

북쪽 포구 떠난 피난선, 연평 앞 대수압섬 뻘에 걸렸다

겨울 바다 썰물 거슬러 뭍에 올라야 한다

아부지 나를 무등 태우시고 누나 안고, 엄마는 동생 업으셨다

형들은 아부지 옷섶에 매달려 물을 헤친다

공기를 찢는 비행기 굉음, 고막을 할퀴는 기관총 소리

안安뻔뻔이 아부지 배에서 떨어져 자맥질하고 피가 썰물에 번졌다

몇몇 사람들 물에 잠기고 여기저기서 울부짖음 바람에 흩날렸다

2

전동錢洞 셋집 판자울 타고 분홍색 나팔꽃이 피었다

그 봄에 누나가 씨 심은 꽃

동생과 종일 둘이서 놀다가 문간방 툇마루에 쓰러져

잔다

　아부지 엄마 장사 갔다 오실 땐 언제나 튀김 한 봉지

　3

　아침이면 누나와 흰 쌀밥 물 말아 새우젓 얹어 먹었다

　보랏빛 곤쟁이젓, 난 싫어 누나한테 밀어놓는다

　난리 중에도 엄마는 우리에게 쌀밥을 먹였다

　4

　어느 입학식 날, 하얀 콧수건 가슴에 달고 학교에 간다

　며칠간 누나가 데리고 간다. 누나는 학교에 가지 않
았다

　간다고 조르지 않았다

　일곱 식구, 난리 통 건너자면 살림 밑천 하나 있어야
했겠지,

　그렇겠지

　커서야 가슴속 응어리로 알았다

대수압섬

초사월 꽃 피운 햇볕을 보며
먼 데 아득한 대수압섬 모래밭
하얀 파도를 생각한다

전쟁 통에
배 타고 나오던 피난길 대수압섬
나중에 듣기론
인천에 들기 전 두어 달 머물렀던 곳이다

떠오를 듯 지워질 듯
그림인 듯 허상인 듯 각인된 바닷가
파도에 갈매기, 갈매기 소리
그리고 또래 아이 하나
바닷가 모래밭에 서서
내가 안뻔뻔 하면
김뻔뻔 하던 그 아이도 나도
뻔뻔이는 최고의 말편치였다

황해도 해주만 밖 대수압섬 긴 모래밭
파도에 갈매기, 갈매기 소리
그리고 뻔뻔이 둘이서 놀았던
전쟁 속 낙원이었다
두어 달 전 피난선 뱃전에 뿌려진
그 애 아부지 핏자국
훗날 가슴에 멍으로 새겼겠지만

장마

볏짚 이엉 타고 내리는 빗물
그렇게 몇 날 며칠을 질척대도
큰 독 작은 독 가득 받아두면
누나 마음은 푸근했다

그칠 것 같지 않은 비에 손님 발길 끊기고
좌판 위 고등어 갈치 생기 잃으면
장마당 엄니 속은 숯검댕이
까짓 자반 해두고 천천히 팔지
아부지는 고등어며 갈치 전갱이
집 뜰 안 나무통에 소금 뿌려 쟁인다

그래도 가을에 팔 것들 쪼끔 더 쟁였으니
어쩌다 햇빛 쨍하면
수도국산 너머로 둥글게 뜨는 무지개 보며
시름 달래던 인천 송림동 185번지

지금은 빗물 스밀 곳 없는 아스팔트에
내 살던 동네도 수도국산도 빽빽한 아파트 숲
이냥 추적대는 비는 그때 그 비일 텐데
빗소리도 무지개도 간곳없이
습한 공기만 무겁게 앉았다

당신이 이길 거예요

스키니진에 하얀 꽃운동화
큰딸 팔에 기대 병원 문 들어서는 당신 모습은
아직 아름다워요
하얀 스카프로 얼굴 가린 병마
당신의 아름다움을 망가뜨릴 수 없을 거예요, 믿어요
지난번에도 당신이 이겼어요
당신을 괴롭히던 하얀 스카프
당신은 내공으로 이겨냈어요
그 하얀 스카프는 세상에 없습니다
또 다른 스카프일 거예요
아름다움 뒤에 감춘 용기 대단했지요
당신은 지금, 그때보다 더 강해요
외롭지 않아요
여전히 천사들이 돕고 있잖아요
병상의 당신 손을 만지며, 나는 믿어요
봄눈 녹을 때쯤 녹아버린 스카프 흐느적
물러가는 모습 볼 겁니다
나무들 새순 돋는 생명의 언덕에서

5부

벗에게

두루 안녕하신지

검은 밤은 느릿느릿 엷어가고
산사山寺 같은 정적이
내 작은 공간을 휘감습니다

마지막 해가 여명을 밀어오면
한 해는 가고 또 오고

무수한 해가 끝없이 뜨리라는 건
진리였습니다

그 진리를 믿을 수 없는 건
연륜의 습성입니다

무한의 시간
거기도 끝이 있는 줄 이제야 압니다

보이지 않던 내 안의 내가
미물이었음을 깨달으니
정유년의 커다란 위안입니다

무술년 새해에
님의 뜻이 더욱 빛나고
말씀의 푸근함이 누리에 넘치며
가내 두루 평안하시기를
기원합니다

귀향

아, 옛날이여
티 없는 나날들이었네, 그 시절

암탉 둥지 같은 웃터골, 정다웠던 나무들
우리 떠난 세월 지키며 반백 년
아름 두 아름 고색古色 드러내는 저 나무들
바로 우리 모습 아닌가

초롱초롱했던 모습들
웃음소리, 떠드는 소리
아직 철없던 우리에게
옳게 살아가는 법 일러주던 은사님들
그 손길들 아직 어깨에 따스한데
세월은, 그 모습들 대부분 우리 곁에 남겨두질 않네

청운의 꿈,
결기를 뿜으며 세상에 발 딛던 친구들아

세상 누비며 한바탕 잘 살아온 친구들아
　지금은, 수고로운 삶 잘 살아준 친구들 한 손 한 손
잡으며
　서로 고마워하고 위로할 시간

우리가 배라면
잠시 닻을 내리고 서로 만나 쉬면서
아름다웠던 세상 얘기들 주고받으며,
못다 한 마음의 성도 새로 쌓으며,
연안부두, 월미도 하늘에 뜬 별 이름들도
새삼 알아볼 시간이라네

오호 벗님들아

두 자尺에 석 자 낡은 탁자에
여럿이 둘러앉아
쓴 소주에 탕수육 시켜놓고
해 기우는 줄 모르네

목청 높던 세평가世評家들
이젠 한없이 부드러워
시인이 따로 없네

호숫가에 낚싯대 걸고
세월을 낚을까
시골 장터 돌아보며
바닥 세상 알아볼까
때로는 고고孤高한
철학가가 되어보고
땡볕에 어깨 걸고 십 리 길
서로의 숨소리도 척하면 알아보니

이보다 거룩한 일 있으랴

순하디순한
털 깎인 양들
서로가 똑 닮아 구별조차 어렵고
언젠간
네 집 내 집 할 것 없이 들 날도 있겠네

오호 벗님들아
그대로만 계시게

세월 흘러도
그대들 있어 두렵지 않네

－2015. 을미 세모에

어서 오게, 친구

- 강에게

앞산 마루
찬란한 연둣빛 뿜어 올라
온 하늘 물들이고
숲을 타고 넘는 바람도 연두색
새들의 날갯짓
오늘따라 유난히 가볍네

그대,
일어나 한번 바라보게
세상에 물이 오르네
겨우내 나목으로 섰던 저 나무들처럼
자네는 생명, 기다림의 화신
떨치고 일어나게

작은 체구에 배어 있는 그대의 유머는
늘 신선하고 유쾌해
우리를 즐겁게 하네

수리회水二會*는 數理會
그대는 웃길 때도 숫자로 웃기네
우리 산악회도 數理會로 바꿀까
아니지, 자네는 바꾸는 걸 싫어해
그래, 水二會로 놔둠세

그대는 언제나 의義를 좇는 거인
온 세월 결코 흔들리지 않았듯
까짓, 역경이야 좀 있지만
훌쩍 뛰어넘어 달려오리라

어서 오게
친구야

* 수요일 오후 2시 등산회. 수학박사인 친구가 수리회 회장으로 있다.

그대가 있는 가을
    －강에게

인천대공원 정문에서 뒷문에 이르는 길은
느티나무 숲
황 갈 적 깊은 색깔들이 가을을 흥건히 적시고 있네
강, 그대 가벼운 바람 일으키며 걸으니 그림일세

일 년이 넘었네
치명의 터널
그 깊이는 끝없었던 것
어쩌면 돌아올 수 없는 미궁이었네
치열했던 전쟁의 병상을 걷고 나선 그대
이 가을 더 아름다워

잠시 그대를 떠난 말들
깨알 같은 의미들은 그대의 정신으로 알알이 살아 있어
언젠간 나팔 불고 돌아오리라

휘적휘적 가을 속을 걷는 그대
이 가을을 참으로 멋있게 하네

Y에게 1

이보게
오십칠 년간 스친 인연도 짧던가
그대를 본 것은 허물에 갇혀 있던 시간
그대가 앓아온 칠십 년은
어쩌면 한 마리 나비가
허물 벗던 시간보다도 더 짧았을 거네

그래
시간의 허물을 벗으니 어떤가
자유로운가

허물 안에
그대를 빚고 있던 물질들
뼈와 살과
칠십 성상 흐르던 피와
육신의 요소들
그리고 그대의 따뜻했던 눈길 손길들

난 그대,
어쩌면 그대의 영혼이
기어이 벗어버리려던 허물과
마지막 시간을 걸고 싸우던
고통의 모습을 보았네

시간,
마지막 시간의 장막을 거두니 어떤가
자유로운가

뼈와 살과 피는 없는 것이었네
시간도 없는 것이네
무엇이 남았나
자유,
자유가 남았겠지
그대는 자유였네
영원한 자유를 품었네

Y에게 2

밤새 별이 흐르고 있었네
검은 하늘 밖으로 치닫는 별도 있었지
바람이 다가와 팔을 끌고
난 나무로 서서, 이름 없는 나무로 서서
바람인 그대의 목소리를, 노래를 듣네

병상에서

병상에선
산장에서의 느낌은 없다
밤이면 쏟아져 내리던
찬란한 별도
좋은 땀 냄새도 없다

이곳저곳 명命의 한 굽이를 도는 듯
힘겨운 싸움들
싸움을 돕는
애틋한 손길들이 눈물겹다

삶의 먼 길에 잠시 쉬어 가는
쉼터이기도 하다
서로 묻고 위로하고
짧은 만남에도 헤어질 땐
정이 묻어난다

밤이 깊은데 여기저기
아픔에 잠 못 드는 이들

멀지 않은 곳에서
목탁 소리가 밤을 지새운다

백치 물고기와 빈 콩깍지

김흥규 문학평론가 · 고려대 교수

1

50여 년의 세월을 넘어서 김봉신이 시집 한 권 분량의 작품들을 보내 왔다.

그와 나는 1964년에 제물포고등학교 문예반의 황금시대를 만들었던 2학년생 문학청년 다섯 명(김봉신, 김윤식, 김흥규, 신상철, 조남현)에 속했다. 우리는 고교를 졸업하던 1966년에 '문혼文魂'이라는 동인회를 결성하고, 한 달에 두 번씩 만나 서로의 작품을 읽고 문학에 관해 토론하는 활동에 정열을 쏟았다. 그러나 이듬해부터 김봉신을 필두로 몇 명이 차례차례 군에 입대하는 등의 사연으로 동인회는 휴면 상태가 되었고, 마침내는 젊은 날의 아쉬운 기억 속으로 영영 가라앉았다. 이 문혼 동인 시절에 김봉신의 시를 마지막으로 읽었으니, 무려 53년 전의 일이다.

그 이후 생활인과 사업가로서의 역할에 분주했던 그가 다시금 시필詩筆을 든 것은 아마도 6, 7년쯤 전인 듯하다.

사십칠 년!
논할 게 뭐며 노래할 건 무언가
한 줌 잡을 수 없는 세월, 시詩도 없었던
－「사십칠 년」 부분

이 구절이 함축하듯이 그는 생활인의 과업에 전념해야 했던 기간을 회한의 눈으로 바라본다. IMF 금융 위기라는 거대한 재난과 그 뒤에 이어진 시련 속에서 한 생애의 성취를 모두 잃어버려야 했던 기업인의 심회가 참으로 허탈하다. 여기서 그를 더욱 아프게 하는 것은 상실로 귀결된 "사십칠 년"의 세월 동안 "시도 없었"다는 점이다. 생활인의 길을 위해 시를 떠났는데, 그 행로의 끝에 남은 것은 적막과 공허감일 따름이다.

이런 계기에 다시 시를 쓰게 되었다는 것은 성공한 사업가가 노년기에 젊은 날의 꿈을 달래고자 시집 한 권쯤 내려는 것과는 다른 지향을 시사한다. 나는 그것을 '의미의 위기에 대한 싸움'으로 독해할 수 있으리라 생각한다.

2

심리학자 빅터 프랭클은 인간의 실존적 자기 확인을 위해 자아와 세계 사이의 의미 관계를 구성하는 일이 필수적임을 강조하여, "의미에 대한 의지는 인간이 지닌 제1의 관심사"라고 단언한다. 그런 뜻에서 사람에게 가장 큰 상실은 자신의 삶을 바라보는 의미 구도의 파탄이며, 이 위기는 곧 존재의 위기일 수 있다.

김봉신이 이 시집의 표제작으로 선택한 다음 작품에서 우리는 그런 위기에 직면한 독백의 한 장면을 보게 된다.

수조에 갇힌 물고기를 보고 있다
어느 바다에서 왔는지 말하려 하지 않는구나
이 작은 바다에 갇힌 너는
찌그러지지 않은 동그란 눈이 슬프다
두 눈은 깊은 생각에 잠긴 듯하고, 아니 어쩌면
너의 무구無垢한 백치를 말하려는 듯도 하다
물 밖의 내 눈을 향한 증오의 전율이 없다면,

너는 대체 누구란 말인가

─베여도 아프지 않았다─

네 몸을 저며 아름답게 널어놓고 앉은 사람들

네 몸의 편린과 육점肉點 그 유려한 색과 부드러움을

찬탄하다가

너를 품었던 바다를 동경하다가

종래엔 너의 침묵과 무저항의 덕을 기리며

무통점無痛點 백치미를 노래하고 있구나

─「백치白痴 물고기」 전문

이 작품에는 두 종류의 행위자가 등장한다. 하나는 수조
에 갇혀 있다가 생선회로 저며져서 식탁에 오른 물고기이
고, 다른 하나는 그 과정과 결과를 바라보는 '그리고 분명
히 젓가락을 들고 있을' 인간들이다. 시인 자신은 일견 후
자에 속하지만, 피아彼我의 구별이 그렇게 간단하지는 않
다. 이 작품의 암시적 구도 속에서 물고기는 화자가 보는
연민의 대상이면서, 그의 자기 인식이 투사된 은유적 형상
일 수 있다. 먼바다를 헤엄치다가 잡혀 수조에 갇히고, 마
침내는 회칼에 베어 접시 위에 오른 물고기. 그와 나 사이
에 있는 주객主客의 분별은 과연 절대적인 것일까. 이 작품
은 그것을 넌지시 문제 삼는 것처럼 보인다.

그러나 김봉신은 이런 동일시의 가능성을 암시하기만 할 뿐, 감정을 실어서 강조하지 않는다. 많은 것을 허허롭게 떠나보내야 했던 생애의 뼈저린 경험과, 그 아픔으로부터 자기 자신을 건져 올리려는 의지가 긴장하고 있는 중간 지점, 여기에서 그는 죽은 물고기의 은유와 자화상 사이의 의미 관계를 어떻게 볼 것인지 고심하는 듯하다.

3

김봉신의 이번 시집은 위에 언급한 '의미의 위기'와 상실감을 기저음基底音처럼 깔고 있다. 그러나 그는 이런 아픔을 되새기는 데 머무르지 않고 삶에 대한 긍정을 다시금 일으켜 세우는 쪽으로 좀 더 많은 관심을 기울인다. 그런 각도에서 「역 앞에서」「꽃이 질 때」「창부타령에 부쳐」「산장에서」 같은 작품들이 눈길을 끈다.

이와 함께 각별히 주목되는 것은 제4, 5부의 여러 작품들이다. 제4부는 가족과 일터에, 제5부는 친구들에 관련된 시편들을 담고 있다.

가족과 친구의 소중함이야 누구에게나 마찬가지겠지만, 김봉신이 시편에서 그들을 불러내는 맥락은 상당히 특이하다. 요점을 먼저 집약해서 말하자면, 그는 '아픔의 연대連帶'라고 할 만한 관계 속에서 자신의 가족들을 바라보며, '기울어가는 시간의 동반자'라는 유대를 주축으로 친구들을 이해한다.

> 널린 시간의 잔해 더미 속에서
> 시제詩題를 하나 받는다
> '엄마'
> 밤새워 풀어도 다 풀 수 없는
> 명주실 같은 빛, 엄마를 시 쓰며
> 비로소, 한 조각 아늑함을 입는다
> ─「사십칠 년」부분

어머니는 그의 시에 여러 차례 등장하지만 구체적인 일화나 묘사는 별로 눈에 띄지 않는다. 다만 위의 대목에 보이는 "밤새워 풀어도 다 풀 수 없는/ 명주실 같은 빛"이 표현의 최대치이다. 김봉신에게 어머니는 이루 형언할 수 없는 기억들과 사무친 그리움으로 해서 '언어를 넘어서 있는 존재'인 셈이다. 그래서일까. 어머니보다 간절함이 아무래도 덜할 누나의 기억이 다음 작품에서 보듯이 60여 년의 시간을 넘어 선명하게 되살아온다.

1

오십일년 겨울

북쪽 포구 떠난 피난선, 연평 앞 대수압섬 뻘에 걸렸다

겨울 바다 썰물 거슬러 뭍에 올라야 한다

아부지 나를 무등 태우시고 누나 안고, 엄마는 동생 업으
셨다

형들은 아부지 옷섶에 매달려 물을 헤친다

공기를 찢는 비행기 굉음, 고막을 할퀴는 기관총 소리

안安뻔뻔이 아부지 배에서 떨어져 자맥질하고 피가 썰물
에 번졌다

몇몇 사람들 물에 잠기고 여기저기서 울부짖음 바람에
흩날렸다

(…중략…)

4

어느 입학식 날, 하얀 콧수건 가슴에 달고 학교에 간다

며칠간 누나가 데리고 간다. 누나는 학교에 가지 않았다

간다고 조르지 않았다

일곱 식구, 난리 통 건너자면 살림 밑천 하나 있어야 했
겠지,

그렇겠지
커서야 가슴속 응어리로 알았다
- 「1951 단상斷想 - 누나의 추억」 부분

그의 가족은 6·25전쟁 중에 바닷길을 통해 남으로 내려온 황해도 피난민이었다. 그 피난길의 끔찍한 현장, 그리고 어려운 살림 때문에 초등학교를 포기해야 했던 손위 누이가 그를 학교에 데려다 주던 장면이 간결하면서도 생생하다.

짐작할 만한 일이지만, 가족 간의 유대는 함께 헤쳐 나온 시련에 비례해서 더 굳건해지기 마련이고, 그들을 하나로 묶어주는 아픔의 기억들이 가족사에서 망각된 적은 없을 것이다. 그러나 김봉신의 작품들에서 가족들에 대한 회상이 지닌 의미는 단순히 옛날의 고난에 대한 되새김에 그치지 않는다. 그것은 옛일이면서, 시인이 자신의 만년을 엄습한 상실과 좌절감 앞에서 자기 존재의 의미를 지켜내기 위해 '이 세상 안에 나를 있게 했던 소중한 유대'를 다시금 조명하는 오늘의 노력이다. 그런 면모가 아내와의 삶을 돌아보는 다음 작품에도 담겨 있다.

오랜 세월
왜 당신 보이지 않았지

일곱 고개 넘어 듣네 당신 목소리

당신의 길 함께한 건
세월과 철부지

지금도 매일
있는 듯 없는 듯 그대
오래오래 따르겠네
사랑이여
—「나는 철부지」 전문

　제4부의 「목소리」와 제5부의 대다수 작품들은 친구, 동
료들에 관련된 것들이다. 그런데 우연의 일치일까, 이 시편
들은 거의 모두가 생명의 위기에 관련된 질병을 겪었거나
지금 겪고 있는 이들에 관한 전언傳言을 담고 있다.
　그중에서 「목소리」는 불치의 병으로부터 되살아난 동료
와의 사연인 반면, 「Y에게」 두 편은 병마와 싸우다 생을 마
감한 친구에게 건네는 말이다.

　　난 그대,

어쩌면 그대의 영혼이

기어이 벗어버리려던 허물과

마지막 시간을 걸고 싸우던

고통의 모습을 보았네

시간,

마지막 시간의 장막을 거두니 어떤가

자유로운가

　　　　　－「Y에게 1」 부분

　그런가 하면 심각한 질병과의 싸움에서 일어난 친구에게 "휘적휘적 가을 속을 걷는 그대/ 이 가을을 참으로 멋있게 하네"(「그대가 있는 가을－강에게」)라고 격려의 말을 보내기도 한다.

　친구들이란 대개 오랜 세월을 사귀어온 동일 연령층 집단이기 때문에 인생의 주기週期에서 발생하는 문제적 사태들에 대해 공명 반응을 일으키기 쉽다. 그런 연유로 김봉신은 위의 시편들에서 모든 사람이 언젠가는 맞이해야 할 '시간의 저편'이라는 주제에 좀 더 많은 관심을 가지게 된 것으로 보인다. 그리고 이것이 삶의 득실과 의미에 관한 성찰에 또 하나의 새로운 시야를 열어주었던 것 같다. 사람에게

주어진 지상의 시간이 별로 넉넉한 것이 아니라면, 그리고 우리 모두가 그 길지 않은 여정의 동행자들이라는 데에 공감한다면 세상을 바라보는 가치의 위계는 적잖이 달라질 수 있다. "마지막 시간의 장막" 뒤에 무엇이 있는지는 모르지만, 지상적 소유의 많고 적음이 거기서 무의미하리라는 것은 분명할 터이기 때문이다.

여기서 우리는 김봉신의 시제詩題에 가장 자주 등장하는 "아내"가 가족이라는 '아픔의 연대'에 속하면서, '기울어가는 시간의 동반자'로서 친구일 수도 있다는 데에 주목하게 된다. 그런 만큼 아내는 삶의 의미를 향한 그의 시적 질문에 각별히 중요했던 것 같다.

아내와
한 소쿠리 강낭콩 깍지를 깐다
엄지손가락 끝이 생인손처럼 아리다

아내는
아픔을 삼켰는지
씩씩하다

아내와 함께한 세월

가슴 한켠 차오르는데

한 아름 빈 콩깍지
내게
무엇을 말하려는가

붉은 콩 다시 품을 수 없다면
한겨울 활활
불이라도 될까
–「콩깍지」전문

　나이 든 부부가 강낭콩을 함께 깐다는, 소박한 일상사의
한 장면이 담긴 작품이다. 미사여구를 툭툭 털어버리고 말
을 절제한 가운데서도 아내를 바라보는 따뜻한 눈과 애틋
한 정이 곡진하다. 그것만으로도 괜찮은 소품이 되겠지만,
이 작품은 "빈 콩깍지"의 은유를 통해 좀 더 깊은 성찰을 향
해 나아간다.
　"빈 콩깍지"는 김봉신 스스로가 문득 발견한 자신의 현
재적 삶의 형상일 수 있다. 제4연의 "한 아름 빈 콩깍지/ 내
게/ 무엇을 말하려는가"에서 이러한 의미 관계가 암시된
다. 일상적 사물을 통한 자기 인식의 은유라는 점에서 그것

은 우리가 앞에서 주목했던 "백치 물고기"와 일단 비슷하다. 그러나 둘 사이에는 중요한 차이가 있다.

바다를 헤엄치던 물고기가 회칼에 저며져 접시에 담겼다는 점에서 "백치 물고기"는 좌절감, 무력감을 동반한 자조의 빛깔을 띤다. 반면에 "빈 콩깍지"는 삶의 허전함, 쓸쓸함에 대한 인식을 담으면서도 비애나 자괴감으로 흐르지 않는다. 빈 콩깍지는 생명의 순환 주기에서 누구도 피할 수 없는 '존재의 한 모습'이기 때문이다. 콩이 잘 열었든 아니든, 모든 콩과科 식물은 콩깍지에 알맹이를 담아 키우다가 그것이 영글면 내어놓고 빈 콩깍지가 된다. 비어 있음은 차 있는 것보다 못한 듯이 여겨질 수 있다. 그러나 우리의 삶도 생성적 순환의 필연 속에 있는 한 언제나 차 있을 수만은 없지 않은가. 김봉신은 "빈 콩깍지"의 은유를 통해 자신의 삶이 당면한 허허로움을 표현하면서, 동시에 그것을 삶의 불가피한 국면으로 수납하는 시적 성찰로 나아간다.

4

김봉신이 추구해온 시적 모색의 흐름에서 "백치 물고기"보다는 "빈 콩깍지" 은유에 가까운 작품들이 대체로 우세해지는 추이가 있는 듯하다. 하지만 그가 당면했던 자기 인식의 질문 앞에서 두 가지 심적 태세가 한 번의 겨룸으로 우열이 나뉠 만큼 손쉬운 문제는 아니다. 사람들은 살아온 세월보다 살아가야 할 날들이 훨씬 적게 남은 시점에서 흔히 자신의 정체성에 대한 회의에 빠지며, 그로부터 출구를 찾아가는 일은 상당한 고투의 부침浮沈을 필요로 한다. 그것을 불행이나 고통으로만 여길 일은 아니다. 사람은 인생의 가을을 겪으면서 겸허한 자세로 자기와 이웃을 성찰할 때 좀 더 깊어질 수 있다. 훌륭한 시는 득도한 현자의 말씀을 전하는 것이 아니라, 이 불완전한 세계를 살아가는 이의 경험, 열망, 고뇌의 형상을 보여주는 데서 탄생한다. 김봉신은 47년의 세월을 넘어 다시 쓰기 시작한 시에서 그런 경지를 보여주었다. 그의 오랜 문우文友로서 나는 이 점을 무엇보다 기쁘고 소중하게 생각한다.